待綠集

徐訏文集

新詩卷

導言　徬徨覺醒：徐訏的文學道路

陳智德

「個人的苦悶不安，徬徨無依之感，正如在大海狂濤中的小舟。」[1]

——徐訏〈新個性主義文藝與大眾文藝〉

在二十世紀四、五十年代之交，度過戰亂，再處身國共內戰意識形態對立夾縫之間的作家，應自覺到一個時代的轉折在等候著，尤其在當時主流的左翼文壇以外，被視為「自由主義作家」或「小資產階級作家」的一群，包括沈從文、蕭乾、梁實秋、張愛玲、徐訏等等，一整代人在政治旋渦以至個人處境的去與留之間徘徊，最終作出各種自願或不由自主的抉擇。

1　徐訏〈新個性主義文藝與大眾文藝〉，收錄於《現代中國文學過眼錄》，台北：時報文化，一九九一。

一

一九四六年八月，徐訏結束接近兩年間《掃蕩報》駐美特派員的工作，從美國返回中國，直至一九五〇年中離開上海奔赴香港，在這接近四年的歲月中，他雖然沒有寫出像《鬼戀》和《風蕭蕭》這樣轟動一時的作品，卻是他整理和再版個人著作的豐收期，他首先把《風蕭蕭》交給由劉以鬯及其兄長新近創辦起來的懷正文化社出版，據劉以鬯回憶，該書出版後，「相當暢銷，不足一年，（從一九四六年十月一日到一九四七年九月一日），印了三版」[2]，其後再由懷正文化社或夜窗書屋初版或再版了《阿刺伯海的女神》（一九四六年初版）、《烟圈》（一九四六年初版）、《蛇衣集》（一九四八年初版）、《幻覺》（一九四八年初版）、《四十詩綜》（一九四八年初版）、《兄弟》（一九四七年再版）、《母親的肖像》（一九四七年再版）、《生與死》（一九四七年再版）、《春韮集》（一九四七年再版）、《一家》（一九四七年再版）、《海外的鱗爪》（一九四七年再版）、《舊神》（一九四七年再版）、《成人的童話》（一九四七年再版）、《西流集》（一九四七年再版）、潮來的時候（一九四八年再版）、《黃浦江頭的夜月》（一九四八年再版）、《吉布賽的誘惑》（一九四九再版）、《婚事》（一九四九年再版），[3]粗略統計從一九四六年至一九四九年這三年間，徐訏在上海出版和再版的著作達三十多種，成果

2 劉以鬯〈憶徐訏〉，收錄於《徐訏紀念文集》，香港：香港浸會學院中國語文學會，一九八一。

3 以上各書之初版及再版年份資料是據賈植芳、俞元桂主編《中國現代文學總書目》、北京圖書館編《民國時期總書目，一九一一－一九四九》。

可算豐盛。

《風蕭蕭》早於一九四三年在重慶《掃蕩報》連載時已深受讀者歡迎，一九四六年首次結集成單行本出版，沈寂的回憶提及當時讀者對這書的期待：「這部長篇在內地早已是暢銷一時的名著，可是淪陷區的讀者還是難得一見，也是早已企盼的文學作品」[4]，當劉以鬯及其兄長創辦懷正文化社，就以《風蕭蕭》為首部出版物，十分重視這書，該社創辦時發給同業的信上，即頗為詳細地介紹《風蕭蕭》，作為重點出版物。徐訏有一段時期寄住在懷正文化社的宿舍，與社內職員及其他作家過從甚密，直至一九四八年間，國共內戰愈轉劇烈，幣值急跌，金融陷於崩潰，不單懷正文化社結束業務，其他出版社也無法生存，徐訏這階段整理和再版個人著作的工作，無法避免遭遇現實上的挫折。

然而更內在的打擊是一九四八至四九年間，主流左翼文論對被視為「自由主義作家」或「小資產階級作家」的批判，一九四八年三月，郭沫若在香港出版的《大眾文藝叢刊》第一輯發表〈斥反動文藝〉，把他心目中的「反動作家」分為「紅黃藍白黑」五種逐一批判，點名批評了沈從文、蕭乾和朱光潛。該刊同期另有邵荃麟〈對於當前文藝運動的意見——檢討．批判．和今後的方向〉一文重申對知識份子更嚴厲的要求，包括「思想改造」。雖然徐訏不像沈從文般受到即時的打擊，但也逐漸意識到主流文壇已難以容納他，如沈寂所言：「自後，上海一些左傾的報紙開始對他批評。他無動於衷，直至解放，輿論對他公開指責。稱《風蕭蕭》歌頌特務。他也不辯論，知道自己不可能再在上海逗留，上海也不會再允許他曾從事一輩子的寫作，就捨別妻女，

[4] 沈寂〈百年人生風雨路——記徐訏〉，收錄於《徐訏先生誕辰100週年紀念文選》，上海：上海社會科學院出版社，二〇〇八。

離開上海到香港。」[5]一九四九年五月二十七日，解放軍攻克上海，中共成立新的上海市人民政府，徐訏仍留在上海，差不多一年後，終於不得不結束這階段的工作，在不自願的情況下離開，從此一去不返。

二

一九五〇年的五、六月間，徐訏離開上海來到香港。由於內地政局的變化，其時香港聚集了大批從內地到港的作家，他們最初都以香港為暫居地，但隨著兩岸局勢進一步變化，他們大部份最終定居香港。另一方面，美蘇兩大陣營冷戰局勢下的意識形態對壘，造就五十年代香港文化刊物興盛的局面，內地作家亦得以繼續在香港發表作品。徐訏的寫作以小說和新詩為主，來港後亦寫作了大量雜文和文藝評論，五十年代中期，他以「東方既白」為筆名，在香港《祖國月刊》及台灣《自由中國》等雜誌發表〈從毛澤東的沁園春說起〉、〈新個性主義文藝與大眾文藝〉、〈在陰黯矛盾中演變的大陸文藝〉等評論文章，部份收錄於《在文藝思想與文化政策中》、《回到個人主義與自由主義》及《現代中國文學過眼錄》等書中。

徐訏在這系列文章中，回顧也提出左翼文論的不足，特別對左翼文論的「黨性」提出質疑，也不同意左翼文論要求知識份子作思想改造。這系列文章在某程度上，可說回應了一九四八、四九年間中國大陸左翼文論的泛政治化觀點，更重要的，是徐訏在多篇文章中，以自由主義文藝的

5 沈寂〈百年人生風雨路——記徐訏〉，收錄於《徐訏先生誕辰100週年紀念文選》，上海：上海社會科學院出版社，二〇〇八。

觀念為基礎，提出「新個性主義文藝」作為他所期許的文學理念，他說：「新個性主義文藝必須在文藝絕對自由中提倡，要作家看重自己的工作，對自己的人格尊嚴有覺醒而不願為任何力量做奴隸的意識中生長。」[6]徐訏文藝生命的本質是小說家、詩人，理論鋪陳本不是他強項，然而經歷時代的洗禮，他也竭力整理各種思想，最終仍見頗為完整而具體地，提出獨立的文學理念，尤其把這系列文章放諸冷戰時期左右翼意識形態對立、作家的獨立尊嚴飽受侵蝕的時代，更見徐訏提出的「新個性主義文藝」所倡導的獨立、自主和覺醒的可貴，以及其得來不易。

《現代中國文學過眼錄》一書除了選錄五十年代中期發表的文藝評論，包括《在文藝思想與文化政策中》和《回到個人主義與自由主義》二書中的文章，也收錄一輯相信是他七十年代寫成的回顧五四運動以來新文學發展的文章，集中在思想方面提出討論，題為「現代中國文學的課題」，多篇文章的論述重心，正如王宏志所論，是「否定政治對文學的干預」[7]，而當中表面上是「非政治」的文學史論述，「實質上具備了非常重大的政治意義：它們否定了大陸的文學史論述」[8]，徐訏所針對的是五十年代至文革期間中國大陸所出版的文學史當中的泛政治論述，動輒以「反動」、「唯心」、「毒草」、「逆流」等字眼來形容不符合政治要求的作家；所以王宏志最後提出《現代中國文學過眼錄》一書的「非政治論述」，實際上「包括了多麼強烈的政治含義」。這政治含義，其實也就是徐訏對時代主潮的回應，以「新個性主義文藝」所倡導的獨立、

6 徐訏〈新個性主義文藝與大眾文藝〉，收錄於《現代中國文學過眼錄》，台北：時報文化，一九九一。

7 王宏志〈心造的幻影——談徐訏的《現代中國文學的課題》〉，收錄於《歷史的偶然：從香港看中國現代文學史》，香港：牛津大學出版社，一九九七。

8 同前註。

自主和覺醒，抗衡時代主潮對作家的矮化和宰制。

《現代中國文學過眼錄》一書顯出徐訏獨立的知識份子品格，然而正由於徐訏對政治和文藝的清醒，使他不願附和於任何潮流和風尚，難免於孤寂苦悶，亦使我們從另一角度了解徐訏文學作品中常常流露的落寞之情，並不僅是一種文人性質的愁思，而更由於他的清醒和拒絕附和。一九五七年，徐訏在香港《祖國月刊》發表〈自由主義與文藝的自由〉一文，除了文藝評論上的觀點，文中亦表達了一點個人感受：「個人的苦悶不安，徬徨無依之感，正如在大海狂濤中的小舟。」[9]放諸五十年代的文化環境而觀，這不單是一種「個人的苦悶」，更是五十年代一輩南來香港者的集體處境，一種時代的苦悶。

三

徐訏到香港後繼續創作，從五十至七十年代末，他在香港的《星島日報》、《星島週報》、《祖國月刊》、《今日世界》、《文藝新潮》、《熱風》、《筆端》、《七藝》、《新生晚報》、《明報月刊》等刊物發表大量作品，包括新詩、小說、散文隨筆和評論，並先後結集為單行本，著者如《江湖行》、《盲戀》、《時與光》、《悲慘的世紀》等。香港時期的徐訏也有多部小說改編為電影，包括《風蕭蕭》（屠光啟導演、編劇，香港：邵氏公司，一九五四）、《傳統》（唐煌導演、徐訏編劇，香港：亞洲影業有限公司，一九五五）、《痴心井》（唐煌導演、

9 徐訏〈自由主義與文藝的自由〉，收錄於《個人的覺醒與民主自由》，台北：傳記文學出版社，一九七九。

王植波編劇，香港：邵氏公司，一九五五）、《鬼戀》（屠光啟導演、編劇，香港：麗都影片公司，一九五六）、《盲戀》（易文導演、徐訏編劇，香港：新華影業公司，一九五六）、《後門》（李翰祥導演、王月汀編劇，香港：邵氏公司，一九六〇）、《江湖行》（張曾澤導演、倪匡編劇，香港：邵氏公司，一九七三）、《人約黃昏》（改編自《鬼戀》），陳逸飛導演、王仲儒編劇，香港：思遠影業公司，一九九六）等。

徐訏早期作品富浪漫傳奇色彩，善於刻劃人物心理，如〈鬼戀〉、〈吉布賽的誘惑〉、〈精神病患者的悲歌〉等，五十年代以後的香港時期作品，部份延續上海時期風格，如《江湖行》、《後門》、《盲戀》，貫徹他早年的風格，另一部份作品則表達歷經離散的南來者的鄉愁和文化差異，如小說《過客》、詩集《時間的去處》和《原野的呼聲》等。

從徐訏香港時期的作品不難讀出，徐訏的苦悶除了性格上的孤高，更在於內地文化特質的堅守，拒絕被「香港化」。在《鳥語》、《過客》和《癡心井》等小說的南來者角色眼中，香港不單是一塊異質的土地，也是一片理想的墓場、一切失意的觸媒。一九五〇年的《鳥語》以「失語」道出一個流落香港的上海文化人的「雙重失落」，而在《癡心井》的終末則提出香港作為上海的重像，形似卻已毫無意義。徐訏拒絕被「香港化」的心志更具體見於一九五八年的《過客》，自我關閉的王逸心以選擇性的「失語」保存他的上海性，一種不見容於當世的孤高，既使他與現實格格不入，卻是他保存自我不失的唯一途徑。[10]

徐訏寫於一九五三年的〈原野的理想〉一詩，寫青年時代對理想的追尋，以及五十年代從上

[10] 參陳智德《解體我城：香港文學1950-2005》，香港：花千樹出版有限公司，二〇〇九。

海「流落」到香港後的理想幻滅之感：

多年來我各處漂泊，
唯願把血汗化為愛情，
遍灑在貧瘠的大地，
孕育出燦爛的生命。

但如今我流落在污穢的鬧市，
陽光裡飛揚著灰塵，
垃圾混合著純潔的泥土，
花不再鮮豔，草不再青。

海水裡漂浮著死屍，
山谷中蕩漾著酒肉的臭腥，
潺潺的溪流都是怨艾，
多少的鳥語也不帶歡欣。

茶座上是庸俗的笑語，

市上傳聞著漲落的黃金，
戲院裡都是低級的影片，
街頭擁擠著廉價的愛情。

此地已無原野的理想，
醉城裡我為何獨醒，
三更後萬家的燈火已滅，
何人在留意月兒的光明。

「原野的理想」代表過去在內地的文化價值，在作者如今流落的「污穢的鬧市」中完全落空，面對的不單是現實上的困局，更是觀念上的困局。這首詩不單純是一種個人抒情，更哀悼一代人的理想失落，筆調沉重。〈原野的理想〉一詩寫於一九五三年，其時徐訏從上海到香港三年，由於上海和香港的文化差距，使他無法適應，但正如同時代大量從內地到香港的人一樣，他從暫居而最終定居香港，終生未再踏足家鄉。

四

司馬長風在《中國新文學史》中指徐訏的詩「與新月派極為接近」，並以此而得到司馬長風的正面評價，[11]徐訏早年的詩歌，包括結集為《四十詩綜》的五部詩集，形式大多是四句一節，隔句押韻，一九五八年出版的《時間的去處》，收錄他移居香港後的詩作，形式上變化不大，仍然大多是四句一節，隔句押韻，大概延續新月派的格律化形式，使徐訏能與消逝的歲月多一分聯繫，該形式與他所懷念的故鄉，同樣作為記憶的一部份，而不忍割捨。

在形式以外，《時間的去處》更可觀的，是詩集中〈原野的理想〉、〈記憶裡的過去〉、〈時間的去處〉等詩流露對香港的厭倦、對理想的幻滅、對時局的憤怒，很能代表五十年代一輩南來者的心境，當中的關鍵在於徐訏寫出時空錯置的矛盾。對現實疏離，形同放棄，皆因被投放於錯誤的時空，卻造就出《時間的去處》這樣近乎形而上地談論著厭倦和幻滅的詩集。

六七十年代以後，徐訏的詩歌形式部份仍舊，卻有更多轉用自由詩的形式，不再四句一節，隔句押韻，這是否表示他從懷鄉的情結走出？相比他早年作品，徐訏六七十年代以後的詩作更精細地表現哲思，如《原野的理想》中的〈久坐〉、〈等待〉和〈觀望中的迷失〉、〈變幻中的蛻變〉等詩，嘗試思考超越的課題，亦由此引向詩歌本身所造就的超越。另一種哲思，則思考社會和時局的幻變，《原野的理想》中的〈小島〉、〈擁擠著的群像〉以及一九七九年以「任子楚」

[11] 司馬長風《中國新文學史（下卷）》，香港：昭明出版社，一九七八。

為筆名發表的〈無題的問句〉，時而抽離、時而質問，以至向自我的內在挖掘，尋求回應外在世界的方向，尋求時代的真象，因清醒而絕望，卻不放棄掙扎，最終引向的也是詩歌本身所造就的超越。

最後，我想再次引用徐訏在《現代中國文學過眼錄》中的一段：「新個性主義文藝必須在文藝絕對自由中提倡，要作家看重自己的工作，對自己的人格尊嚴有覺醒而不願為任何力量做奴隸的意識中生長。」[12]時代的轉折教徐訏身不由己地流離，歷經苦思、掙扎和持續的創作，最終以倡導獨立自主和覺醒的呼聲，回應也抗衡時代主潮對作家的矮化和宰制，可說從時代的轉折中尋回自主的位置，其所達致的超越，與〈變幻中的蛻變〉、〈小島〉、〈無題的問句〉等詩歌的高度同等。

*陳智德：筆名陳滅，一九六九年香港出生，台灣東海大學中文系畢業，香港嶺南大學哲學碩士及博士，現任香港教育學院文學及文化學系助理教授，著有《解體我城：香港文學1950-2005》、《地文誌——追憶香港地方與文學》、《抗世詩話》以及詩集《市場，去死吧》、《低保真》等。

12 徐訏〈新個性主義文藝與大眾文藝〉，收錄於《現代中國文學過眼錄》，台北：時報文化，一九九一。

目次

溪聲

在茫茫的原野中
竟無人遙望，
那潺潺的溪水
在村頭苦吟。

靠那藍黑的天際
是幾顆殘星，
夜色在此刻
還有誰肯相信？

三更四更的月色
未投下一絲聲音，

那麼難道到五更時分，
荒野中會有一聲雞鳴？

多少人間的甜語與愛，
一夜中被溪水流盡，
那麼我今宵溪歌的秋夢，
將流入誰家蘇醒？

一九四一，一一，一七。上海貝當路。

不題

山煙消後，
遠寺鐘聲清澈，
十年天南天北，
多少甜語溫存，
濃戀蜜愛，
都化作夢中蝴蝶。

記得當年英雄豪傑，
為街頭蠅利，
呼盧吆喝，
今朝杯中酒，
明夜刀下血，

不知誰友誰敵，
如今都化作青煙冥滅。

只有月長圓，
依舊年青如昔，
萬里天上，悠然自得，
苦笑人間變幻，
好勝爭強，
竟未見青塚白骨。

少年時，唇紅衣襟，
香染膩髮，
多少荒唐春意。
午夜夢回，
滿目都是秋色。
如今我且把二分贈予山水，
留一分在我心頭，
記取我兩鬢華髮。

都市繁華依舊，
但舊址新屋，
物主數易，
幾回拆造更替，
路途難識。
電影中，
故事依舊，
風流浪漫，
但明星非昔。

當年多少友朋，
質衣沽酒，
買輕笑一夕，
如今都燕飛鴻別，
偶相會時，
驚呼背曲髮白，
無語嘆息。

「讓我們且在溪邊石上休息，
我有多少話要對你訴說。」
但我未開口溪已說——
它說：「如此如此都如此，
生了來了去了死！」

一九四〇，八，二七，晨。上海。

我是一個凡人

那亞怎麼樣憑一幅帆，一把舵，
在混沌的水天上飄蕩；
玄奘怎麼樣握一根杖，一卷經，
在大地四方流浪；
這些故事，我樣樣都記得，
但是我現在不相信天堂。

我嘗過東南西北的果子，
但沒有一種甜得過酒；
我看過春夏秋冬的花朵。
但沒有一朵紅如血。
還有那最黃的是人煉的金，

那最真的是人間的愛，
最聰敏的最美的都是人。

我知道人世中有悲哀，傷心，
我知道人世中有愚笨有頑蠢，
我知道人世中的橫暴，殘忍，
我也知道人世中有殘酷的戰爭，
可憐的傾軋，妒忌，老死與疾病；
但是我原諒這些，我不願意逃避，
我要用我的生命把這些殘缺填平。

我是一個凡人，我愛這人世，
所以我不愛白天的太陽，
我愛夜裡的燈，
我不愛泉水，我愛酒，
我不愛風雨聲，甚至鶯歌鸝鳴，
我愛人間的音樂與歌手的唱和，

我愛人間的畫，科學哲學與詩篇，
獨不愛天啟的聖經。

一九三八，一〇，一一，深夜。上海。

贈友

遠友前來看我，
請莫談法國德國，
以及縱橫一時的英雄豪傑
擾亂了地中海黑海雲起風覆。
更莫提過去將來，
變幻中富貴貧賤，
朋儕的生老病死孤獨。

我有新茅鋪屋，
我有野花盈桌，
還有昨夜夢中新雨，
告訴我園裡菜熟，
先向村頭沽酒，

再用韭菜炒蛋，
於是淡黃新綠，
供我們醉盡今宵樂。

君莫怪桌燈昏暗，
君莫怪鄉中寂寞，
等夜來要記取明月窺窗，
花影畫遍了帳幅，
還有那清風過處蕭蕭竹，
到天明有黃鶯兒與麻雀，
把我的新詩朗讀。

一九四〇，八，一七，黄昏。上海。

戲贈友人

兒種薄地數畝，
稅捐清後，
倉有積穀；
老來無事，
守數椽茅屋，
看日升日落。
晨雞初醒，
塒啟處啼聲喔喔，
群奔向草地尋食，
遺留了雞蛋一個，兩個，
水汆油煎，
憑君與太太一同吃喝。

冬天太陽滿院，
有紙煙淡茶，
伴你孤獨。
黃昏諸兒歸來，
於是人影滿屋。
大女齒似珠，
二女顏如玉，
三女胖得滿座肉，
最後阿大歸來，
抱蓮蓬一束，
於是大家歡呼，
齊爭誰先吃著。

一九四〇。上海。

寄H與W

試問夜如何？
夜已闌珊！
正巴黎當初，
咖啡初斟，
笑聲兩三，
「道」「情」爭執，
一座閑談。
如今華燈
無覓處，
月初墮，
滿天星繁。
星繁心煩，
向誰訴。

兵戈家散，
風霜情別，
詩友零落，
酒朋千里外！
獨自憑欄，
傷情處，
荒風長嘆，
海水漫漫。

一九三八，一一。歸國途中。

寄T.S.

悠悠故鄉遠，滾滾海水長，
別君如離日，從此天無光。
君如清晨風，我是隔夜霜，
相識本偶然，相聚更倉皇，
只因心相印，從此不能忘。
君有眼如月，君有唇若虹，
纏綿君如蠶，靈活君若龍，
別後常晤月，別後曾會虹，
因見月與虹，舊情更若夢，
但願夜悄悄，夢裡會君容。
夢時我愁輕，醒時我憂重，
我顏為君瘦；我心為君瘋。

春淡夏又濃，秋盡又是冬，
浮雲擁白日，流水話東風。
漫卜後會期，妄訂再晤地，
十年或廿載，南北或東西，
南北高山隔，東西大海迷，
山高非我阻，我有翼如鵬，
海闊豈我礙，我有心如燈，
只見人易老，哪堪相思耗，
易訴相思苦，難慰相思勞，
默默望蒼天，唯祝會面早。

一九三八，一，二。印度洋上。

寄友

月如晝中舟，夢偕君子遊，
遊於山之東，遊於海之南，
遊於雲之西，遊於星之北。
山東多宿獸，宿獸呼寂寞，
春來無新花，秋盡皆枯木；
海南有沉魚，沉魚嘆海闊，
白晝萬里浪，夜來一片黑；
雲西多飛鳥，飛鳥歌寂寥，
歌中皆怨聲，聲聲嘆無聊；
星北無人跡，但見霧飄渺，
霧中有故事，故事皆荒謬。

爰遊人間世，人間正囂囂，
強者喝人血，弱者賣苦笑；
有男皆如鬼，有女都若妖，
肥者腰十圍，瘦者骨峭峭；
求媒擠如鯽，買米列長蛇。
忽聞有低曲，曲聲太糊塗，
如愁亦如苦，如呼亦如訴，
君淚忽如雨，我心更淒楚，
曲聲漸嘹亮，飛躍與抑揚，
恰如群雀戲，又見群鹿跳，
君轉悲為喜，我易愁為笑，
我問誰家笛，君謂隱士簫。
我年已三十，常聽人間曲，
世上簫聲多，未聞有此調，
為愛此曲奇，乃求隱士簫。
披簑又披裟，為漁復為樵，
為漁漂海闊，為樵入山深，
海闊路飄緲，山深路蹊蹺，

飄緲蛟龍居，蹊蹺虎豹生，
龍吞千載雲，虎吼萬里風，
雲行帶怒意，風奔有恨聲。
泛舟槳已折，駕車牛已崩，
乃棄舟與車，步行尋簫聲；
日行千里路，夜走萬里程，
人跡漸稀疏，簫聲亦糊塗。
有鳥在樹上，問我往何處？
我謂尋簫聲，現在已迷途。
鳥乃哈哈笑，笑我太無聊，
何處是笑聲，是牠對窗叫。
醒來是一夢，明月在畫中，
再尋同遊人，破窗進清風。

一九四一，一二，二七，夜。上海。

有贈

對那腳下滾滾的江水，
遠處漫漫的雲煙，
茫茫的人世與蒼蒼的天，
我頓掀起史前的回憶。
那遠在地球生長以前，
我們在無垠的星雲間漂泊，
是被一陣熱浪沖開，
各在冷酷的星球裡流落。

那麼，我們何必問過去曾否相見，
問什麼緣故會使我——
對你的髮絲想到夢，
對你的視線想到光，

使我對你眉梢的微顰，
想到大氣裡的煙雲。

我只願告訴你，在我生命裡，
我曾費了多少的青春與愛，
在川流的盡頭，森林的中間，
山巒的起點，煙雲的沒處，
遍訪你的存在，我曾經
把春天的和風想作你的笑容，
秋夜的月光想作你的眼睛，
還把各式各樣的雲片，
各式的樹葉與花朵，
以及各種水波的漪漣，
想作你的動，你的靜，
你一瓣笑與一絲微吟。

可是今天我已經知道，
春天的和風，秋夜的月光，

天際的雲片，以及地上的花木，
湖泊河流裡水波的漪漣，
都不是你，這只是
它們拾得了你遺落的一個笑容，
一個眼波或者是
你臉上的一瓣白與一瓣紅。

那麼，你何怪我為你瘋，為你癡，
為你我夜夜失眠到天明，
你何怪我披著髮，捧著心，
越那茫茫的海與崢嶸的山，
踏著那崎嶇路上的荊棘，
不管風的怒號，雪的凜冽，
不管滔天的大浪與如火的太陽，
不管獅虎的凶猛與蛟龍的殘暴，
流著血，流著汗，
耐著飢，耐著寒，
要在沙漠的盡頭看你，

要伴你在螢火中間默坐，
等我們涅槃在原始的星雲間。

對那腳下滾滾的江水，
遠處漫漫的雲煙，
茫茫的人世與蒼蒼的天，
你應當細細地回憶，
在遠在地球生長以前，
我們在無垠的星雲間漂泊，
是否被一陣熱浪沖開，
才各在冷酷的星球間流落。

一九三九，一一，二五。上海。

初夏的夜曲

是誰家仙子夜妝，
把天幕掀掩，
微露她明眸皓齒，
或者是動人的蛾眉，
注定那夜色的陰晴圓缺。

牧童帶走了晚笛，
荷鋤的農夫歸家，
林中只有樵夫足跡。
是蛙聲啼熟了禾稻，
於是月下的金黃嫩綠，
付於東南風溫撫柔摸，

還有湖上的白練銀波，
聽憑魚兒們唼喋跳躍。

是誰將青春們的情絲，
交織那月兒的光輝，
鑄成那初夏的夜曲。

一九三九，初夏。上海。

暈船的幻歌

你看白天日光怎樣撫摩，
夜裡月色怎樣婆娑，
還有那小鳥一陣陣低歌，
催花開，花醒，
於是萬千的花朵，
熔成了一團火。

這火抱在霧胸，
霧抱在雲懷，
雲睡在天中，
萬物融成了一個，
我尋不出我自己，
我就消失在那叢火。

你聽那樹尖兒叮咚，
那湖水兒錚錚，
還有小蟲兒各訴心胸，
催花醉，催花睡，
於是萬千的花兒，
幻成了一個夢。

這夢化作了霧，
霧變成了雲，
雲散化為天，
天空裡只有一顆月，
月照著我影，
我就消失在夢中。

一九三九。上海。

幻遊

月兒發著暈，為她的醉？
還有為風不斷的吹，
那岸柳都化作了霧，
野綠都幻成了水。

我在這靜悄悄水上，
駕著一葉扁舟，
原想在水流中尋落花，
但只見星星兒在溪中漂流。

我記不起我去處，
也忘忽了我深憂，

於是我再也分不出
那兒是煙霧是岸柳？

這樣我的船頓幻成雲瓣，
消沒在雲霧煙柳，
飛越過無數星斗，
在茫茫天空中漂流。

誰知同狂風還是同醉月相撞，
剎那間我們崩得粉碎，
我孤零地化作了一瓣新霜，
在空中飄蕩，下墮，變成一滴水！

一九三七，一一，二，午。巴黎。

昨宵

草沒有舞過，
鳥沒有唱過，
星沒有跳過，
昨宵你可是沒有來？

花沒有醒過，
風沒有停過，
月沒有閃過，
昨宵你難道沒有來？

門一樣關著，
燈依舊亮著，

被還是冷著，
昨宵你真的沒有來？

我頓記起昨宵露中蛇，
還有昨宵田間的青蛙，
那都是昨宵的酒，
告訴我你要來就在昨宵。

一九三七。巴黎。

新年希望

我希望雲開，
我希望日落，
我不希望天半紅，
我只希望地全綠。

我希望今年的新年，
雞啼的都是凱歌，
有春雪都是麥粉，
有柳絮都是棉花，
窮人們從此沒有哀愁，
夏天裡閑著捕蛇。

我希望難民所的貓兒，
不搶小雞的糧食，
還有狗嘴裡長出了象牙，
販金的能手都會打鐵。

我希望我是一個傻子，
沒有人說我是瘋子，
因為我不希望
我兒子會說大話，
我只希望他會埋頭做小事。

一九三九。上海。

收集

我在海邊收集過貝殼，
在山上收集過花草，
在天空裡我收集過雲霞，
在樹林下我收集過羽毛。

我還收集過流螢的光芒，
秋夜東壁下蟋蟀的嘆息，
還有是夜鶯的歌唱，
以及杜鵑的淚與血。

我在紛紜的宇宙裡，
收集過山川的容貌，

還有地勢的歡樂，
與天時的淒涼煩惱。

我如今又收集，
人生路上的荊棘，
以及人類在那路上獲得的
創痕、淚珠與血滴。

一九四〇，一，一六，夜半。上海。

浪捲來的人群

老的，年青的，男的女的，
赤膊的，披髮的，
露腿的，光腳的，
扶著老，抱著小，拉著殘廢的，
按著慘淡的心，撫著沉重的腿，
一群一群，一堆一堆。
路東路西，街頭街尾，
他們不知道哪裡可以去，
也不知道哪天可以歸！
他們間，有無母的兒依著爸，
有無父的女依著娘，
有孤零的孩子拉著老鄰的手，
有佝僂的老婦靠著

陌生男子的肩頭。
他們間已沒有憂愁，只有痛苦，
但痛苦也並不互相哀訴，
拖著衣著的污穢，面頰的憔悴，
肚子的飢餓，心靈的枯萎。
起初總希望前面的城鎮給他幫助，
但每一個城鎮都把他們
當著匪，當作賊；
雇著有槍的人施些粥，
施些黑饃饃，
又叫他們移著倦沉沉的腳步，
走那黑茫茫的路途。
他們雖然貧窮，
但兩間茅屋就是他們家，
不管那三天風會使牆搖動，
五天雨會使屋頂漏洞。
他們有現成的泥，
現成的草，現成的米糠填補，

他們寧使受這些勞苦，
但他們不願離開這些田地，
即使是一里半里甚至是一步。
他們大半也沒有一塊田，
但他們也有田可以耕種。
這田是別人的，
但他們甘願在那裡，
運用汗，運用力，運用心機，
每年耕耘與灌溉，
使乾涸的田有水，
風飄著青青的秧，
於是結成了黃黃的穗，
烈日下揮著鐮刀，揮著汗，
讓這些黃金的穀粒登上了稻場。
天有時候多雨，有時候太旱，
他們靠著天，禱著神，
多雨的時節望太陽，
天旱的時節盼著雨。

年成不好時他們嘆命不好，
深夜三更就不敢安睡，
於是支著飢餓的身軀與天時搏鬥。
年成較好時總望得一個飽，
但新穀的穀價不好，
於是他們積欠了老板的租，
三天五天有人到家裡來討。
這些儘管是使他們無路可走，
但他們總是苦苦的努力，
耐心地靜靜地來等候，
等候有一天什麼都變好，
等待那些風調雨順的豐年，
但那時穀價也變成太賤。
於是這等待終於失敗的
一年又一年。
舊債加上新債，
舊愁加上新愁，
老了一個壯年，

補上一個少年，
日未出已經上了田，
夜已深還在小河邊，
守著蒼蒼的大地，
望著茫茫的時間。
但他們從不想到，
拔起那壯健的腿，
捨掉那血染的田地，
破舊的泥房與鋤犁，
尋求那幻想中的天地；
他們也從不會夢想，
求一個新鮮的花樣，
來改變他們生活的模樣。
可是如今，
黃河呼出了千年的不平，
上攀著天，下踏著地，
像一個神話中的巨靈，
揮著白刃，揚著長鞭，

哼著滔滔的戰歌，
沖倒了前堤，穿通到後堤，
操縱了天時，克服了地利。
如今輪流到我們，
揮著鋤，捧著箕，
運用我們原始的本能的人力，
在這荒僻的地方，
對那滔滔的黃浪，
爭一角人類的生存。
這時，我們流著汗喘著氣，
「杭育」之聲震動了天地，
日夜呼著兄喚著弟，
一次抬那數百斤的黃泥，
填補了那襲擊下的長堤。
可是這多年荒疏的工程，
到這時我們已來不及臨渴掘井，
聽著它浩浩的戰歌，
杯水已救不滅車薪。

這是天理，也是命運，
數千年來也不止這一次劫，
但是在二十世紀的今日，
這究竟是人類的污辱歷史的慘劇：
一聲呼嘯，一聲霹靂，
像火山的爆發，地球的崩裂，
挾著無邊的力吞沒了大地，
掠劫了無數的村落，
吞盡了無數的生命，
於是大地霎時變成了海，
高廈在水上像是魚鱗，
而那千年的松柏，
已變成了水面飄蕩的浮萍！
它像一群飢餓的叛徒，
也像一個魔王挾著百萬雄兵，
揚著無底的憤恨與貪欲，
掩襲那高原的村落與城鎮。
於是討租的討租，貯米的貯米，

築起了高堅的樓倉，
來投那千載難逢的良機；
於是搬家的搬家，買船的買船，
有店的老板雇了巡警，
負著槍備著船在店周圍防難民。
可是這些只是一面，另一面，
他們出兩角一天的金錢，
雇我們鄉下的老百姓，
來幹那堵口的工程。
可是天，修這工程也不只一年，
聽說我們的國家，
也曾經出過巨大的金錢，
可是用到這上面的是多少，
我們老百姓可一點不知道。
我們只知道為得這些工錢，
來幹這份活，度我們生命的一天，
其實我們願意，
因為這是祖先耕種下來的地田，

千年來靠著它吃，靠著它衣，
靠著它傳我們千代的後裔。
於是父老們流著淚策勵我們，
我們就呼我們的同伴，
牽我們的牛背我們的犁，
來幹這份堵口的工程，
決定我們死亡與生存。
這是戰爭，是原始
就遺留下來的戰爭。
我們的祖先，雖曾經披著樹葉，
拿著石器，拓開了荊荒的大地；
我們的祖先，也曾經揚著長矛，
揮著刀，驅逐那野獸的襲擊；
我們也還有祖先，
發明了蒸氣，發明了電，
像萬千的星球出了軌，
前後發生了砰擊，
一個個破碎，一個個殞滅。

這時，我們正在草棚裡休息，
我們的骨節正疲，
我們的四肢正累，
夢中但聽到一個人的夜呼，
千萬的兄弟一齊振起，
正預備作最後的救護；
可是，水已經滾來，
吞沒了眼前的每一粒砂，
每一塊土，
吞沒了我們的腳趾，
我們的腳跟，
吞沒了我們的腿，
以及許多許多我們兄弟的胸脯。
大家瘋一般的狂奔。
有的抓住茅屋椽柱，
有的爬上了大樹，
有的登了高埠，
遍野響徹了悲慘的哀呼。

這樣，我們就瞪著眼，餓著肚，
眼看那大地變成海，
眼看有些兄弟在水裡沉，
在水裡浮。
我們像原始的人類，
過那混沌的生活。
我們像覆舟的旅客，
在救生艇上守著波浪的活躍。
天亮了，直到午時申刻，
看見十餘只小船從遠處來，
那是我們的父老來收我們的骸骨。
這樣，我們偕伴著
飢餓的，發呆的，
新孤的父老，新寡的妻女，
以及那哀啼著的一歲兩歲的孩子。
這是一群潰爛的殘軍，
變成了散亂災民。
於是我們到一個城鎮，

又一個城鎮，
我們看見食物店糧食店，
也看見布店綢緞店，
還看見店前後荷槍的巡警。
看見我們的人在驚，在怕，在笑，
——我們直到現在還知曉，
到底是輝煌的文明可恥，
還是文明中我們這些原始人可笑？
我們到的地方，我知道，
巡警荷著槍如防洪水，
慈善家也分給我們粥同黑麋粃
使我們肚安，使我們心安，
送我們出境如送腐爛的屍體。
這樣一鎮又一鎮，一地又一地，
在鐵路的旁邊，
望那火車的濃煙，
一天天期待，一次次問，
哪一縷煙是指我們去的地方，

哪一輛火車有載我們的車廂？
這樣，一天過去，十天過去，
每天有人拿著黑字的白旗，
帶著荷槍的警士，
於是有人給我們黑糜粃，
並且有人來對我們演講，
叫我們清潔，叫我們整齊，
叫我們忍耐，叫我們安心，
遙指那黑煙去處的地方，
告訴我們那裡的快樂與光明，
使我遐想起那白雲飛處，
正是那工作的天堂。
於是咬一口黑糜粃，
就想到前面的路程，
與火車的來到以及動身的日期；
於是幻想到我們在新的田地，
將更加忍耐，勤苦與努力，
來振我們的家，飽我們的肚皮。

這樣，載我們的火車終於到了，
鐵篷車中大家都擠在一起，
站了一整天我們沒有怨言，
因為我們想到了前程，
前程的光明與美麗；
可是天，這樣的想，那樣的盼望，
車到的時候我們又失望，
巡警們拿了槍棍來照料，
我們像囚犯一般的進了收容所，
幾十人一小間都吐不出氣，
看不見太陽也看不見天，
看老的一個個死，弱的一個個斃，
還有是女的一聲聲號，
幼小的一陣陣亂啼。
天天不是清水粥就是黑糜粃，
不許我們自由到外面，
向過路的人要一個錢。
我們已經知道沒有工作，

沒有活也沒有光明，
但不知道什麼是我們的前途，
什麼是我們真正的歸宿。
倒是看守我們的人有時給我安慰，
說是遙遠遙遠的都市，
在為我們開助賑會，
什麼小姐為我們跳裸體舞，
什麼戲子在抱病做戲，
什麼……
說是不久不久的將來，
我們就可以吃白米飯穿新花衣，
可是一天天過去，
我們的生活什麼都沒有改變。
只是穿黑衣裳的男子，
戴白帽子的姑娘來了幾次，
他們拿著聖經，嚷著上帝，
告訴我們歷史上洪水不只一次，
這正是上帝的意志，

要將這罪惡的人世淘洗一次，
當年的洪水比這要大幾百倍，
沖盡了人間所有的罪，
只有那崇奉上帝意志的人，
把我們人類遺留到如今，
這次你們不死真夠幸運，
要知道這正是上帝厚恩，
來對付你們罪輕的人，
從今以後你們應當好好奉上帝，
忍耐著，等待著，祈禱著，
不久上帝把洪水喝退，
讓你們無罪的人歸去，
給你們風調雨順的光明，
但千萬不要辜負上帝的意志，
不知道刻苦，不知道努力，
再做對不住上帝的事。
於是她們把戴皮手套的手，
撫摸那乾癟的孩子的頭，

有時，她們還捏著鼻子，
探一塊糖送給孩子。
這樣，我們的日子悄悄過去，
看守人說水退時我們就可回去，
但是回去又怎麼樣？
沒有了房屋，沒有了牛，
沒有了家具，沒有了穀，
我們又將像原始人一樣，
來把這混沌世界改成碧綠，
但是我們自思我們沒有貪，
我們也從沒有過什麼罪惡，
我們還願回去苦苦工作，
墾那腐爛的地，培那黃金的穀，
但我們要將手造的世界據為己有，
讓我們自己管理，自己收獲，
不要討我們重稅，索我們穀，
我們將有餘力把這河堤堅固地築。

一九三五，一一，二二。上海。

供

老爺，我家裡還有大小五六口，
難道我都叫他們挨餓，
我趕水到三更，五更起來又做，
這個年頭，腳上生疔瘡，
也不敢半點懶惰。
不用說我，就說我老婆，
前幾年，不是容貌還長的不差，
收租的王先生還常誇她的笑渦，
可是你現在去問王先生，
她不是比稻草還瘦？
我的孩子不用提，挨著餓，
牛一般做，秤起分量來，
你老爺可不要頂他一百個。

胡說？老爺，我一點沒有胡說，
我們鄉下人只憑一個心，
你問我什麼我回答什麼，
撒句謊我今晚上對嘴就生疔。
真的，你可以到我家裡去搜，
要是搜出一粒穀我就讓你砍頭。
你明白人，總知道我們的運道，
不瞞你說，我們是
一年一年越來越糟，
你瞧瞧，事情是不是巧，
我們一割稻穀價立刻不妙，
可是等我們賣光了，
穀價立刻就一天天好。

老爺，怎麼說？我們可以不賣，
不賣怎麼對付我們的債？
前些年，向親戚那裡

借還可以壓些日子，
可是現在大夥兒都窮得要死，
越窮，老爺就越不相信，
逼起租來都像逼你的命，
哪裡還肯來借給你金銀，
去年我還不出一點租，
他們就捉去我兩隻小母豬，
老爺，你是明理人，
兩隻豬在老爺們只作兩頓小菜，
可是在我卻要頂六條命。

農民銀行，是的，
老爺說的自然不錯，
可是先不先就要保，
我們窮人能交出保的有幾個？
並且稻割上就要還，
那時候偏偏穀頂賤！
自然囉，要還債還怕什麼賤不賤，

只要賣掉了就可以還錢。
可是還清債，你猜怎樣？
六張嘴等著就要吃！
自己的穀還能夠挨幾時？
老爺，說說你又不相信，
以為我故意撒謊給你聽！

一點不錯，老爺，
那時起米價立刻貴，
比我們賣穀時貴起一二倍，
你瞧，這樣子你叫我怎麼活！
說到今年，老爺，
你總也聽人說起，
兩月來老天沒有下一點雨，
趕水的人身上都脫了皮，
到現在，老爺，您去瞧，
西邊的河道裂了口，
東邊的河道長了草，

你說叫我們怎麼好？
不用說像我這樣老，
小夥子也大多已病倒！

是的，您老爺自然是一百分好，
幫我們求雨，朝著菩薩禱告。
不過，不是我老頭兒昏了頭，
說一句罪過的話，這年頭，
我菩薩壓根兒就不相信，
不用說什麼龍王爺會靈！
我想您老爺也是沒法，
怕我們鬧得太不像話，
所以從從我們老百姓的心。
做官的自然個個要太平，
但是我們這些老百姓，
說到底，不過要一條命！

今天的事情犯了法？
老爺，您說這話我壓根兒不明白，
我們都已餓得沒辦法，
我早說，要家裡尋出一粒穀，
或者有一個銅板我就讓你殺。
可是鎮上米與穀都堆得這樣高，
難道他們一天就吃得光？
我們一年苦到頭，從少苦到老，
趕到這個旱荒的年頭，
大家都是中國人，
拿一點也沒有什麼錯。
您做老爺的要天下好，
說到底，老爺，
我們還只要一個飽。

一九三四，九，一四。上海。

歐羅巴的童話

為了黃鼠狼放了一個久悶屁，
於是世界又彌漫著臭氣，
鹿兒自顧自對著湖水照照小白臉，
喝飽了水打呵欠，
水牛在島上，糧食塞飽了肚皮，
懶得不願搖動他的金銀蹄，
於是黃鼠狼追兔又偷雞，
弄得雞兒滿籠啼，
兔子駭得討救兵，
嚷：「鹿兒，你的角兒尖，
個子大，還有四只梅花蹄，
平常日子你領著我們跑，
患難時你怎麼理也不理？」

鹿兒聽了打呵欠：
「我怎麼會不著急，
他吞了你，也要偷我的東西，
可是隔壁牛兒肉正肥，
腿正健，他的角兒比我還要尖。
平常日子喚使我，喚起你，
今天怎麼擺這副醜神氣。」
於是鹿兒過去叫水牛，
水牛搖搖頭兒嘆口氣，
喚聲：「黃鼠狼，黃鼠狼，
你到底是少穿少吃，還是少東西，
無緣無故放他媽的久悶屁？」
「說起來我可真可憐，
十二月裡我黃鼠狼獨張皮，
我天天半夜三更肚子飢，
不能同你比，牛油牛肉全都齊，
到處都是你的殖民地，
所以我要一張兔兒皮，

披在身上好挨那下雪天，
所以我要個把隻小雞，
半夜三更也好充個飢。」

黃鼠狼說完笑嘻嘻：
「老大哥，我不要你般胖，
不要你般肥，
你放心，我也不要有
你一樣的金銀蹄。」
牛兒於是嘆一口氣：
「好，我同你訂一個友誼，
兔皮一准隨你穿，
小雞決定隨你吃，
但是請你答應我一個條件，
從此你再不要放久悶屁！」

小雞死後沒人啼，
兔子死後沒人叫冤屈。

於是鹿兒打呵欠，
牛兒盤頭眠。
這樣太平了三四天，
可是黃鼠狼又放久悶屁，
黃鼠狼一放久悶屁，
世界上又彌漫著臭氣，
臭得羊兒渾身顫，
臭得鴨兒腳亂顛。
黃鼠狼看看鹿兒睡得甜，
還有牛兒懶得像死去，
它不覺笑嘻嘻：
「羊兒羊兒真美麗，
我要你同我做個百年好夫妻，
鴨兒也是好東西，
我要你們做我的奴隸。」
於是鴨兒駭得滿街飛，
羊兒悶著一肚子氣：
「鹿兒牛兒好哥哥，

你平常日子多威風，
叫我們滿山採草採花你受用，
今天黃鼠狼無恥又無理，
你們也不來出頭講個理？」
鹿兒牛兒聽了大著急。

商量了半天辰光，
倒有十二個鐘頭你推我，
我推你。
最後還是牛兒說：
「那麼大家不要傷元氣，
丟臉的事情我出面。」
他叫：「黃鼠狼，黃鼠狼，
兔皮給你穿，小雞給你吃，
你為什麼又放你娘的久悶屁？」
黃鼠狼露露牙齒笑嘻嘻：
「我不要你般胖，你般肥，
我也不要同你一樣的金銀蹄，

我要同白羊兒做夫妻，
我要鴨兒做我的奴隸。」
水牛聽了嘆口氣：
「好，就這麼著，
白羊兒隨你搶去做夫妻，
醜鴨兒也隨你俘去做奴隸，
只要你說以後不放久悶屁，
不是我的角兒不凶利，
不是我沒有金銀蹄，
實在我要同你講友誼，
所以給你這樣的條件，
你千萬把我記在你心裡。」
牛兒說完打呵欠，
鹿兒早已盤頭眠。
黃鼠狼掀掀嘴唇皮，
流出三尺四寸臭唾涎，
拉著白羊做夫妻，
逼著鴨子做奴隸。

聽著牛兒呵欠響，
聽著鹿兒鼾聲重，
黃鼠狼得意又得意，
他把尾巴搖得快如電風扇，
預備再放久悶屁。

一九三八，一一，一〇，夜半。上海。

一頁

空氣是潮溼的，月亮尚未升起，
只有那零亂的顛倒的星星，
照著那黑黝黝的山，
白悽悽的大地，
以及那靜悄悄的河流，
陰森森的城牆；
照著那城牆裡那些
高樓大廈中酒的香，
花的香，肉的香，
男女擁抱著的花樣；
照著那監獄中囚犯們在草堆裡，
在磚旁，在泥上，
在溺或者是糞的上面，

伏著頭，撫著刑傷，在假眠，
在數那點點的星斗來消那孤悽；
還照出那些小屋中
微弱的點點燈光，
燈光下有那些女人們
用催眠的歌對著小孩低唱，
有的伴著男人們的鼾聲，
在補那破爛的衣裳，
有的是餓著肚，袒著胸
看自己淚眼的悽茫。
還有那燈下的裁縫們
哼著無聊的歌曲，
趕那某小姐出嫁的衣裳；
那農夫們，小工們抱著
肚裡的一碗稀薄的飯湯，
不敢多動地在破被裡靜躺，
但是有的被耗子的吵聲，
有的被狗的空叫，有的被那

一陣陣的初秋的寒風弄醒，
掀起了肚裡的飢餓，
探視那天上的星光，
同那白悽悽的天河，
看那死沉沉的東方，
是否有了白的光芒，
啟示出到了起來的辰光。
這時彎彎的月亮已升，
照出那農村的周圍，
有幾個蠕動的行人，
借那星的光芒，
摸向那山的東面，
分頭輕敲鄰居的門板，
低聲地叫著姓名，罵了兩聲，
匆匆地走開，
接著是門裡出來了人，
向著那來人的路徑奔向山東。
那時陸續有人影從各處走來，

立刻聚攏了我們五百個人，
在那星光下面。
那時候，一個意志
籠罩著五百顆心，
把我們五百人造成
一個鐵鑄的模型，
慢慢的，我們五百顆
心靈被一個問題所燒。
於是鐵鑄的模型變成
了森林，海濤。
這時候，我們間
每個人都這樣知道：
儘管我們有三倍占城的力量，
然而時間總還沒有到，
所以我們就忍耐到現在，忍耐著，
等待我們的幹隊給我們一個聯絡。
然而如今，城內的精力
已經被敵人擊散，

西郊的組織又遭了恐怕的危難，
他們已經打聽出我們的消息，
必然的，他們必然地
要給我們一個整個的覆滅！
這究竟怎麼辦？
是發動呢？還是忍耐？
還是把我們這個
力量部分地讓敵人摧殘？
還是立刻把這一年來
練成的力做一個炸彈？
固然我們很相信這個炸彈
立刻可以將全城占領，
然而不管多麼迅速的進展，
究竟還需要，
至少是一個月的時辰，
我們才可以同幹隊取得一個聯絡，
所以我們必須在占領以後，
用我們的肉，用我們的骨骼

固守到一月的光陰。
這，我們每個人都要
敲敲自己的筋肉，
自己的心靈，自己的骨骼，
以及自己意志的生命，
能否在這個時辰之中，
保全那整個的城鎮，
而且，根據總部報告預算的糧，
我們必須要有當地一切的倉庫，
農村的豬羊，
以及那河裡的魚，
同地裡的稼穡，
所以還需要從這個山嶺
保全到那個山嶺。
那時候，一把火燒著
五百顆沸騰的心靈，
五百顆心靈都用共同的
意志下那最後的決定。

於是像森林像海濤，
有五萬噸的狂風吹到，
立刻，五百隻臂膊到空中飛揚，
像是五百條蟒蛇同時暴吼，狂號！
沒有一個人不這樣相信，
我們五百條生命，
在攻的時候要充五萬支槍，
在守的時候要做五萬重圍牆！
這時，風從山陰轉到了山陽，
我們的頭髮像火山頂口的火焰，
像是萬千的旌旗在那兒飛揚，
每個人的腦子像火山裡石漿，
每個人的心都像太陽
在海水裡蕩漾。
於是鐵的紀律帶領著我們鐵的心，
準備刀耙的刀耙，準備槍的槍，
攻門的攻門，跳牆的跳牆，
儘管他們有進步的器械，

新型的槍，
但我們靠的是意志裡的力量，
所以當彎彎的月亮升到天庭，
我們的旗幟已在城角飛揚。
那時，城裡的陋巷
早起了天大的應響。
他們都受過種種虐待欺凌，
以及各種各種的侮辱，
一切都不堪設想。
他們中，許多人都曾
以血汗的勞力，
換敵人們無用的紙張；
他們中，曾被鞭打著
去搬那沉重的炮，
到數百里以外的野地，
或者是山坳；
曾被鞭打著去掘深邃的戰壕，
為攻打自己勞苦的同胞；

有的是被拉去連家都不知道，
於是為妻的啼，為子的號，
再也沒有人管她們冷，管她們飽；
他們中，有年輕的女兒多曾被搶，
失蹤後找好幾天都會沒有應響，
才淚點點，血點點
踉蹌地回到家鄉；
所以這一星之火，
將他們心靈都燒，
他們有的用石子，有的用槌子，
有的用菜刀，
婦女們都用鍋子裡的水，
馬桶裡的糞，
握在手裡的飯鏟，鐵桶，
以及正在裁作的剪刀，
都向那失了武器，狼狽地
敗逃的敵人們身上拋，身上倒。
那時，西街的我們正打得熱鬧，

我們為節省子彈多是用刀，
但是我們興奮得一點都不害怕，
因為我們深信著
他們的末日已到！
從大街到小巷，從小巷到大街，
肉的聲，刀的聲啞了他們的炮，
他們的電燈光，
抵不住我們的火把！
是條條的刀光填滿了街頭巷口，
所以不見補充的敵人只見了頭！
那時，我們還有
工作的人員在後面奔走，
阻斷敵人的交通，
在組織新起的群眾；
所以當天邊浮起一線彩虹，
那敵人的精神已經搖動，
那時我們大家都一齊呼號：
「敵人的大本營已經被燒！」

於是刀光的上面只看見
我們染紅了的衣袍，
刀光的下面只聽見他們奔跑。

……

當東方的天際朝陽將升空，
我們的旗幟已經揚遍了城中，
全城的大眾都在
滿街滿巷高歌蜂擁！
那時我們中個個人都想到，
都知道：
那沉重的艱難，
不但沒有過，而且沒有到，
所以我們再分配人到各處呼號，
讓整個的爭鬥讓大家知道，
越過群眾的呼聲，群眾的喧鬧。
立刻，那狂歡的空氣

披上嚴肅的戰袍，
那時每個歡躍的面孔
都浮出了毅勇，
萬千的目光像萬千的箭，
萬千的臂膊像萬千的銅鞭，
大家要求槍，要求刀，
立刻要去衝鋒。
因為這時的世界早就兩樣，
為解救自己，大家都願打仗，
於是這個情緒造成了嶄新的力量。
這樣負起了我們第一步的使命，
整夜到各處去考查搜尋，
肅清所有的叛徒，奸細，
槍決的槍決，監禁的監禁。
所以當日光尚未登城的時候，
我們的力量已統制四郊的山頭，
那時，昨天獲得的槍械重新分配，
這個陣線已經完全兩樣，

深信那一月的光陰並不算長！
從那一天起，日夜地，日夜地，
天像在壓下來，地像要裂，
四周的槍炮再也不息，
但我們都知道槍彈的來源不易，
都願意以自己的血自己的筋肉，
自己的腦筋，自己的汗，
自己的皮，
來緊守那每一個城角，
每一個山巔，
所以我們掘土的掘土，
運泥的運泥，
我們把鞭炮放到煤油箱裡來點。
任憑他們的飛機怎麼樣
在我們頭上飛過，
他們怎麼樣在我們
天空上布滿了炮火，
我們只是悶沉沉

咽著氣在那兒等候，
等候他們來衝鋒或者
是劫營的時候，
我們要把一顆槍彈
飛中他們十個咽喉。
這樣等到第八天天亮的辰光，
我們城的西角忽然有了重創，
那時敵人已在重炮
掩護下到了城旁，
引起我們一個劇烈的抵抗，
這是我們的槍第一次允許試放，
所以誰都高興打中他們的胸膛。
那時候，我們的血拂透了心臟，
我們的意志支配不住我們的瘋狂，
所以肉搏了兩小時的辰光，
他們的血已經流遍了護城的河塘！
於是他們在無可奈何下只得後退，
我們把土袋沙囊照著城牆來堆，

於是這一次肉搏又回到了平安！
接著安的是危，危的是安。
這樣，一天天，一夜夜，
天暗了亮，亮了暗，
我們中都不知道時日，
也不知道鐘點，
沒有一個人不倦，
沒有一個人不累，
但是，這白熱的意志一點沒有灰。
那也不知隔了幾天以後的一天，
總部裡忽然發現了一件
重大的事情，
說是東郊村落裡發現幾個奸細，
在用很多很多的金銀，
收買農村裡的糧與米，
當人已靜睡的三更夜裡，
他們用火在山坳裡
燒那買來的東西，

所以那西村北村的糧都成了問題。
這時，我們的心地
怎麼受得住這打擊；
所以這個問題只得嚴守祕密，
但即使將那些奸細都已經槍斃，
然而米糧究竟是一個問題。
不過，不管是沒有糧，沒有米，
我們的血也一定要流到底，
也不能再顧慮有沒有勉強。
然而補救的辦法只有這樣，
到各處宣傳，
請每個人都減少食量，
把這個維持的時期延長。
這樣，白天繼著夜，夜繼著白天，
每個人都餓了幾天肚子，
但因為我們中有一個偉大的意志，
所以我們的陣線並沒有改變。
太陽從西到東，從東到西，

我們總算已經維持到預算的日期。
然而我們的幹隊還沒有到，
尤其是一點訊息都沒有知道，
這使我們每個靈魂為盼待而老！
盼待的緣故，並不是為
我們缺乏堅忍的力量，
是因為缺乏槍彈，尤其是缺乏糧！
那時河裡的魚早盡，驢馬也完，
豬與牛早已不能再算，
戰士們鋼鐵一般的筋肉都剩了皮，
而城牆又被炸成了土堆，
那敵人的衝鋒一天裡就有二三起！
這時，你知道是什麼
力量在維持我們，
叫我們的血永遠這樣沸騰？
——是這民間的熱情，
他們把自己的死嬰，
宰割了騙著我們來作我們的糧食，

這，到了我們那天餓極時，
吃敵人人肉時方才猜到，
我們很久就嘗到了這樣的味道！
那時的我們已經
深深地明白地知道：
吃敵人的肉同獸肉一樣沒有殘暴，
因為現在的我們正像
歷史以前的人類，
為建設人類的正義文明，
才同那野獸對著壘。
然而事情一天比一天不行，
為抵禦一日數次的衝鋒，
我們的子彈實已耗盡。
接著我們窘境也被他們知道，
他們就用機關槍任意地來掃！
為我們的掌中沒有彈，只有刀，
所以更希望徒手搶他們的槍炮，
弄得我們戰士一個個都倒，

傷的傷，死的死，
子彈看準了我們前腦。
雖然我們的戰士，
只有前進，沒有後退，
但這無謂的犧牲也實在太懊惱！
所以在一個三更時分的夜間，
我們的撤退再也無法避免。
但在孤城的後面，
只有一條路可逃，
於是我們的戰士
都躲到城郊險阻的山坳。
然而這樣的事情我們沒有料到：
他們會奸淫屠殺
那全村全城的同胞，
連那稚弱的嬰孩都未能逃，
千萬的屍具整日整夜被他們燒，
除了少數的人們逃進了山坳。
那時滿天滿空是人的叫號，

滿野滿地流滿了我們的頭腦，
殷赤的血塗遍了秋草，
秋草鋪滿了田野與山道。
那時，戰士們都在山坳裡度，
餓著肚、飲著溪水與天露，
到處都尋不出一條生路！
祕密地嘗那飢寒的苦。
然而這樣的情況不過三天，
那一聲霹靂就震破了天，
我們的幹隊已經到了那荒城的前面。
那也不過是一個短短的時間，
在山坳裡的我們也沒有聽見
幾聲炮聲，看見幾次青煙，
接著就看見我們的
旗幟布滿了空間。
這迅速的理由我們深深知曉，
因為他們的膽魄早就飛掉。
這證明我們的力量沒有空拋，

在無論什麼時候它都會發酵。
那時，死去的人們都得了安慰，
傷著的人們都含笑地安睡，
活著的人們都快活得滿街亂飛，
那些本來自私的人民，
都願參加我們軍隊，
與我們同工同睡。
為那永久的正義與健全的人類，
過去，我們都已經知道
這是必然的過程，
要用許多血肉才填得出光明；
現在我們每個人都豎著眉頭，
我們每個人都急想出來爭鬥，
要把我們這裡的光明，
帶給別個黑黝黝的城頭。

一九三八。上海。

悔

如今再沒有一句話可以講，
怨誰在帶弄命運的花樣，
天邊沒有顆舊識的月亮，
空浮著地中海的惆悵。

為了會也匆匆，別也匆匆，
於是我醒也矇矓，睡也矇矓，
我聽不見夜鶯啼，鳳凰叫，
我只還記得野路上霜正濃。

踏著海，御著風，
白晝裡我做的是荒唐夢，

花謝了，葉落了，
多少希奇的故事都平庸。

那時風號得正淒涼，
鬼哭得正嘹亮，
誰？誰在癡候五更的朝陽？
我怕是我墓邊蕭蕭的白楊。

一九三七，三，二六，晨三時半。巴黎十四區。

對自己的影子

因為那月光如水，
雖然天暗，
雖然天暗，
可是我知道你是誰。

你天黑時出門，夜深時歸，
悄悄地去，
沉沉地回，
從未帶來歌，只是丟了美。

泥土濺滿了你的胸背，
光著腳，

露著腿，
血染的衣襟，前後都破碎。

你零亂的頭髮上滿是灰，
漲著臉，
豎著眉，
鈴大的眼睛，角上掛著淚。

但是你銀色的臉上沒有一分悲，
一分哀愁，
或者一分悔，
只有誓死的決心透在你緊閉的嘴。

雖然月光如水，
因為天暗，
因為天暗，
我看不出你犯了什麼罪？

一九三七，八，一七。倫敦。

給新生的孩子

沒有人請你，沒有人招你，
從冥黑烏有之中，你自己
貪一個虛偽的光亮，
來到這世間，怨誰？
怨天還是怨地？
你哭也好，或者是悔，
沒有用，從此，
在這光亮的人世中，
許多人都咧著嘴，
笑你這流水般的淚。
沒有用，你扭亂自己的手，
或者蹬折你自己的腿，
在這萬花的世上，

不容你自由地出來，
後退，再向你來處回歸。
誰騙過你，你知道，
並沒有人預先告訴你人世有花，
有月，有紅紅綠綠的雲彩，
有千千萬萬的點綴。
這是你自己想在冥黑之中，
開你混沌的小眼，
偷看那人世繁華與美，
於是累了你母親做一個惡夢，
來到這世間。
你儘管哭，後悔，
要回去可不行，你只好開始受罪。
在你看到這繁華的世間前，
你就要耐飢，並且耐寒。
別以為你母親管了你，
給你衣，給你食，
給你希奇古怪的東西，

供你世間的美麗，
討你一絲嘴角的笑靨，
博你一個暫時的歡喜，
從此你就可以得意；
以為你一聲哭，一聲啼，
飢時就有吃，寒時就有衣，
享盡那世間的美麗繁華，
人生中的一些旖旎。
但是你知道，
在這混沌的宇宙之中，
誰送來黑暗中的光明，
空虛中的創造；
誰奠定你的衣食，
花花綠綠的花樣，
以及千千萬萬的點綴。
這不是傳說中的上帝，
也不是現成的玩意。
這是我們的祖先，

他們的勞作，汗與血，
以及一代一代的腦汁，
從壓迫之中爭鬥，
從束縛之中獲救，
將荒蕪的園地
培植出繁鬱的花木。
這是歷史，你知道，
誰到了這世間，
它就在誰的肩上，
要加上些光明，
再交給你後裔。
因為有這幾千年歷史，
所以現在你一出世，
黑暗中就見了光明，
愚笨中就碰到智慧，
混沌中就享受到文明，
死寂中就能接到繁華，
這是幸福是美是享受。

在這奔騰飛躍的社會中，
一年中你已經過先輩十年的夢。
現在呢，歷史轉得更快，
社會的脈息跳得更響。
這時代的孩子，
不是稚嫩出小草
來點綴已耕的園地；
是鐵，是火，是光，
叢蕪中要你墾殖，
黑暗中要你燒，
寂寞中要你敲，
不平中要你耕，
污穢中要你洗滌。
快長起來！痛苦時不必哭，
高興時不用笑，
鐵錘在爐邊等你，
犁鋤在田裡等你，
等你，等你，大家在等你，

等你用洪亮的聲音高歌，
消先輩死寂的落寞，
等你用粗健的四肢，
繼續先輩未竟的工作。
等你，等你，大家在等你，
等你用洪亮的聲音高歌，
傳你後裔以歷史的壯曲，
等你用強健的四肢，
奠定你後裔的工作。

一九三七，八，三〇，下午。

色的幻襲

哪一片油綠的草，
不萎頹——
在秋天，為地上第一瓣焦黑？

哪一個青春，
不驚慌——
為頭上的第一絲白髮？

你可曾害怕，
那蝙蝠的飛翔，
把黃昏的天色塗抹？

但，使我更不堪的，
是朝陽初升時，一片落葉的影子，
污了我窗簾的潔白。

還有，我常常發抖！
在金黃的燈下，
我睫毛的黑影把我素紙點劃。

然而，今夜，這真不堪設想，
這，是一個黑沉沉的印象，
把我整個透明的心靈掩沒！

一九三七，一一，一四，夜。巴黎。

懺悔

我曾經不安分：
浸溼了衣服，
偷溜在海邊，
拾一顆帶色的貝殼。

我曾經荒唐：
污碎了我的手足，
妄掏一堆散沙，
想把它築成一所華屋。

我曾經去採一根草，
為它整天的忙碌，

培植在園裡，
要它變作喬木。

我跋涉，我奔波，
為一個問題該摸索，
為一個字的不識，
或者為一句話在書中寥落。

我曾經夜渡，
越過那荒野墓廓，
為一個夢，一縷光，
或者一個歌曲。

春天，我曾經
在一個小溪邊流落，
為一個嘴的希罕，
或者為一個神祕的眉目。

我如今又流浪，
在萬里外的異域，
為一疊書，
一叢鬍髭，一堆畫幅！

可是我倦了，我已經衰老，
二十年來我沒有採到什麼，
只有一群希奇的面孔，
忐忑地在我胸中升落。

我怕，今夜，我怕得發抖，
我想伏在你的懷裡哀哭，
我要對你發誓，從此再不去認
一個字，尋一句詩，
只想在你身旁安分地耕種刈獲。

一九三七，一一，一四，夜深時。巴黎。

火

你幻弄那光，那色，那音樂，
幻弄你的頭髮，你的睫毛。
幻弄你的手與臂，
幻弄你身上一袈絲，
你騙我，你是火。

我聽說過傳說裡鑽木，
傳說裡敲石，
我相信這些，
火創造人間的文化，
我愛它，所以我變作了蛾。

在竈頭，爐柴的旁邊，
在燈下，在鍋爐前，
我望見一切煙囪上的青煙，
還有人間光耀著的電，
我曾暈倒過，像著了魔。

可是我現在悟到，你，
這一定是你，在天還荒著以前
你幻弄那陽光雷電，
幻弄你的金髮，
幻弄你蛇一般的肉體，
創造了人間第一份火。

於是你把它種在木石地土的深處，
讓人們鑽鑿，開掘，採取，
這樣你幻現在家家燈頭，竈爐邊，
在二十世紀一切煙囪裡，

文化的在處，
人間因此都為你著了魔。

是的，我記起，我親眼看見，
萬年前，在蒼天下，大海上，
像今夜一樣的，
無窮的變幻，
你沉浮在那一份火。

我記得那時我是一片樹葉，
是以為你著了什麼魔，我怕傷，
因此繞著你飛，把我全身的纖維，
衛護你像蛇一樣的身體，
我於是被你熔成了一點火。

可是你把我所纏你身上的
那袈絲，撕下了微小的一角，
算作了我的存在——蛾，

追隨你無窮的幻象，
忙管那人間的火。

所以今天你雖然明說你在騙我，
可是我執迷地相信著你是真的，
我再不會在一切你幻象前暈倒，
我不想再是一隻追求那火幻的蛾，
我向你投去，
我要你把我熔成一點火。

一九三七，一一，一六。

觀 Lois Fuller 舞 Wagner 的 Die Walkure 曲中的 Feu 後。

晚禱

主，該承認你在冥冥之中存在了，
好把無歸宿的我安頓在你的心頭，
那麼，黑暗中我跪下時不是瘋，
虛空中我訴說，也不算狂了。

沒有一絲光，沒有一針的聲音，
世上的萬物這時都疲乏了。
經過你萬年的創造，可有一個
常生與永生伴你悠悠的乾坤？

在至高無上的地位，
我知道你寂寞，
那麼，主，寬恕我問你，

為什麼又要驅盡魔鬼，
而留下那無能的萬物與人類？

把人類算是你的棋子，
同魔鬼對玩著萬年的歷史，
這是可笑的，主！
玩那必勝的遊戲是有趣的麼？

你叫人們走，說：「這是你自由。」
驅你的信徒，給魔鬼一點勝利，
你解除了一些寂寞，
但你可生氣了，說人們愛犯罪。

大家累了，碎了，倒了，枯了，
有人說浮士德終於跟你走了，
那麼誰不是你所造的浮士德呢？
地獄還有存在的必要麼？

我知道你，主，你寂寞，
但請你編一曲催眠歌吧，
叫萬物對你歌唱好了，
何必同你所鄙棄的魔鬼來下棋呢？

把地獄熔在天堂裡吧，
餵魔鬼以神聖的乳汁，
聽萬物齊唱催眠歌睡吧，
讓我們安居在你床前的履中。

一九三七，一一，二〇，上午。巴黎。

夢囈

我在夢裡苦尋那夜，
可是夜反在夢裡消失了。
醒時，東方的天際已悽白，
這生命又交給了無邊的生活。

我怕我把這與生俱來的生命，
拍賣在零碎生活裡，
可是在斷續的生活中，
哪裡有我整個的生命呢？

好像有人說消失的生命，
都存在自己靈魂的深處了；

那麼讓我在夜裡細細嚼覓吧。
夜？夜不是存在生活外的夢中麼！

然則我該在灰色的夢裡，
訪到了我整個的生命。
但是，屬於我生命之夜，
又在夢中消散盡了！

一九三七，一一，二七。巴黎。

漫感

風像粗暴的手指，
奏那不諧和的野曲，
於是這纖弱的天籟，
都斷了，所有的弦索。

花開始先謝，
於是樹葉接著零落，
我心弦絲絲都被奏斷，
髮也因此慢慢地脫落。

但是我忍耐，並且期待，
像枯枝期待綠，頑石期待青苔，

在悠悠的秋冬間，
大家忍耐著寂寞。

等樂觀的喜鵲啼了，
於是樹綠了，山青了，
萬花點綴了漆黑的泥土，
流水驅走了長期的寂寞。

這時所有聰慧的樂手，
忙奏那交響的情曲，
他運用了那新生的光線，
運用了那新生的肥紅瘦綠。

可是誰奏我脫了的白髮呢？
還有自己的心琴弦索。
到處是流水奏來了春，
但春掩不去腐葉與枯骨的寂寞！

一九三七，一二，二七。巴黎。

偷望

我奇怪，今天那份異樣的憂鬱，
在我靈魂最深處浮起，
不知道它來源，也尋不出它根，
它把我心蝕成了殘缺。

怪天時難堪，不時下雨下雪，
可是滿街的情侶唱著歌，
沿路的無線電播著管弦，
何處無葡萄酒殷紅如血。

我無心尋樂，更無論舉筆，
這一分心緒，使我瘋狂使我老，

使我在大家的笑聲中，
眼角浮起了悽清的淚滴。

我希望天黑，不願今夜有月；
幽黯中，我要偷望你的窗簾動處，
有一縷燈光或者會交給我，
你的影子，填補我心頭的殘缺。

一九三七，一二，一五，三時。巴黎。

憂鬱

該是古昔時也有走這條路的人，
遺下這分無理的憂鬱，
於是那無年代的已朽情調，
白天裡爬進了我心頭摸索。

因此我鼾聲裡有了微喟，
夢裡也有無情的冷笑與哀哭，
載落花的流水去了，
回來時滿載著寂寞。

任漆黑的海洋黑暗吧，
燈塔照耀處都是寥落。

那麼我的心為什麼不安息呢，
在荒漠的世界上多那分寂寞。

一九三八，一，四。印度洋上。

熱帶上的呻吟

像是北冰洋的白熊，
被運到非洲的沙漠上，
我病了，
嘆著氣。

是流浪，是遠征，
是旅行，還是還鄉，
我忘了，
在茫茫的海上。

幾次哭，幾次笑，
幾次得與失，幾次來與去，

我倦了，
那夢一般時光！

我像是一堆土，一握泥，
聽憑火雕水塑，
我沒有喜怒，
隨便人把我生命擺布。

一九三八，一，二〇。Filex Roussel 船上。

海

今天的海怒了，
它變成一隻怪獸，
伸那貪饜的舌，
——那波浪
想舐盡天上的雲與月。

可是生死的飲恨？
千年來在胸中排蕩，
期待今夜這樣的一夕，
一瞬間，
要把那久鬱的恨怒伸雪。

需要什麼？要自由？要解脫？
還是要無理的占有？
要把遙遠的陸地充作糧食，
剎那間，
頓把人世的一切絕滅。

從地心之中，
湧出萬千的鋼刀，
採取天空的星粒。
還要什麼？
漁船們像秋風裡的落葉。

那驚人的聲音，
是海底的魚眾的反叛麼？
誰知道，
大宇宙裡，
大小高低的聲音都是嘆息。

一九三八，一，一九，夜。印度洋上。

初夏在孤島

誰還在關心花開花落？
誰還在關心杏黃李熟？
春寒裡衣單衫薄，
但初夏的歡歌，
竟都是賣身曲。

深夜裡再無人躑躅，
一聲聲軍號，一聲聲警角，
響徹那街頭路角，
無人在探月，問星，乘涼，
黑夜裡有生命在槍火下抖索。

黑潮般人上屍落，
太陽下橫流著癘疫，
人間多是憤怒憂鬱，
蛙聲除去了，
夜夜是鬼哭！

一九三八，一〇，半時。上海。

寄舊友

可是耶路撒冷的女子，
守那已亡的古城，
向勝利的外寇賣笑，誇言：
「在聖地的都是聖人？」

這可笑的荒誕的問句，
現在已是我們的鏡子，
莫笑鏡中人的醜陋，
有時鏡子裡竟是你自己呢。

宇宙有萬千的星星，
地上有萬千的名城，

莫留戀現成的花朵吧，
因為花原是人種的。

東羅馬君士坦丁亡後，
逃避在荒蕪半島上的學者們，
曾奠定了文藝復興的光榮，
朋友，記取，那也是我們的鏡子。

一九三八，一〇，六，夜半。格羅希路。

真話

誰在說真話呢？
死者閉眼時一聲長嘆，
與嬰孩從娘胎
帶來的第一聲啼；
還有是偉大的詩人
手稿裡偶爾一個錯字；
與瘋狂者半夜裡
一句殘缺的夢囈。
但是這些，
沒有人懂過它的意義。

一九三八，一〇，二八。上海。

人

你曾經在我的耳邊，
告訴我山青水綠，
告訴我桃花紅，菊花黃，
告訴我哪裡是整年的雪，
哪裡是整年的陽光，
告訴我哪兒的棗子甜，
哪兒的橘子黃得發亮，
哪兒的野莓紅如血，
哪兒的檸檬滿山香。
你還告訴我人以外的動物，
老虎怎樣的凶暴，
豬怎樣的愚笨，
還有那猴子的狡猾，

豺狼的陰狠。
你還告訴我仙女是多麼美，
天堂是多麼華貴，
那裡的雲彩發暖，
星星像流螢滿野飛，
那裡有月兒永遠開著嘴，
夜夜編新歌，唱著使人睡。
那裡只有唯一的神明，
照耀著整個的宇宙，
沒有生與死，沒有黑暗與光明，
也沒有智與愚，富與窮，主與奴，
那裡只有自由平等情愛與和平。
但是我現在目睹著，
人怎麼樣叫山青，叫水綠，
怎麼樣把桃花染紅，菊花染黃，
怎麼樣鏟去整年的雪，
怎麼樣掩去終年的陽光，
怎麼樣把棗子餞甜，

怎麼樣把橘子揩得發亮，
怎麼樣把野莓浸紅，
怎麼樣把檸檬塗上香。
我還知道人
如何以自己天性卑劣狠毒，
誨老虎的凶暴，
傳豬以愚笨，
導猴子以狡猾，
教豺狼以陰狠。
我還知道人怎麼樣
把女子打扮嬌美，
房屋裝修得華貴，
那裡的汽爐年年暖，
金剛鑽像流星滿身飛，
還有無線電永遠開著嘴，
夜夜播淫曲，在枕邊伴人睡。
我還知道人怎麼樣創造了燈光，
照耀著世界裡的人類，

注定了生與死，光明與黑暗，
劃分了智與愚，富與窮，主與奴，
陷世界於剝削欺凌殘殺與嫉妒。

一九三八，一〇，三一。上海。

紀念魯迅

在我寂寞的屍前我什麼都不要，
我只要一隻狗遙遠地凝視著
我屍身不住地狂叫。

徐訏：寂寞

我不在紀念會上發表一句演講，
（這些話現在已經
變成誰都應說的官話）
不在雜誌上發表一篇文章，
（這些文章現在也
變成誰都會寫的八股）
我就在你留給我們的那疊書前
默默地癡望著你名字來紀念你。

早晨有一個十二歲的孩子，
如今他還只知道你名字，
他問我：「魯迅到底是誰？」
我沒有叫他讀演講紀錄的介紹，
刊物裡應時文章的恭維，
我只告訴他，你，你是：
「愛揭穿老年人虛偽的老年人，
打倒權威者架子的權威！」

這使我記起，在我少年時，
你作品給我的印象，
正如我祖母將古怪的胡桃剝開，
使我嘗到了苦澀的滋味一樣，
你剝開那多奇譎的人性與世道，
使我看到腐霉黝黑的真態。

你剝給我們看的各色人物，
有虛偽的衛道者，
有紙糊的老虎，
有目的在名利的領袖，
還有搶到權位
而擺起了架子的戰士，
這使我知道那世界的美麗，
只是童話裡的故事。

自然，你也是一隻虎，
一個衛道的前衛，
同時是一個戰士，
但是可愛的是你沒有虛偽，
不貪名利，也不擺什麼架子，
你否認天才，你公開地招著，
你不過切實地，不斷地，
埋頭工作就是。

從五四到如今，
一路來與你同胞的戰士，
後退的後退，老的老，死的死，
有的在高位上審判人，
有的在保險箱裡數銀子，
只有你，懷著無底的寂寞，
飲吞著悽亮的感慨，
但還是努力揭穿陷阱，割去荊棘，
為後起青年開闢了路途。

但是你沒有招集過什麼會
賣弄你風騷，
也沒有擺設著盛宴收買什麼群眾，
也沒有代表什麼團體
發通電讓別人稱道，
你只是低頭工作，
私人的給青年以指示，

組織同好者成研究的會集，
刻苦地為文化界做些
尚未有人做過的事。
你死了，留下一疊堪讀的著作
與一個響亮的名字。
自然你老過，可是你沒有老年人的
虛偽與架子。
但是你死後，我可看到了
醜惡的架子與虛偽，
沒有人要繼你刻苦的工作，
只有人想繼承你現成的權威；
在海外，國內，有政客，
官僚，流氓與財主，
借你的名字，抄你的詩句，
開會，擺酒，
招搖過市，收買那門徒，
走狗，打手與買主。

於是在你的著作與名字上，
我尋不出你不妥協的「嫉惡如仇」。
「無作品的人們」借你成了作家，
流氓攀你成了文化界領袖；
一個紀念會，一次盛宴，
一個通電，
遺老貴少
都做了你的老朋友。

刑後的烈士有血做過的「藥」，
這篇深沉的創作遺我無底的寂寞，
雖然有人在那無血的
墳前加一個花圈，
可是我現在有了懷疑：
是不是傳統上有個什麼祕方，
正如「犯人的血饅頭」一樣，
那存放在烈士墓頭的鮮花，
一年兩年後可以醫多年的癆瘵。

於是我感到你在「藥」
中所感到的寂寞，
（不敢想像你現在屍軀裡
有多少寂寞！）
我不忍在紀念席上說一句話，
不敢在雜誌上寫一篇文章，
我就在你留給我們的「藥」上，
癡想那可疑的花圈來紀念你。

一九三八。魯迅死期。

虹影

早晨我在山谷裡留一聲啼，
黃昏時我在海天間逍遙。
我是一隻愛自由的鳥，
披一襲發光的羽毛，
整天在天空裡閃耀。
我歌聲不讚仙子的窈窕，
不歌頌天邊顏色的玄妙，
我冷靜地對癡人們調笑，
對人間的醜態譏誚。
花草是我的食物，
露水是我的飲料，
還有我床在那最高的松梢，
衣衾是漫飛的雲霞。

如今你把你的心幻成一條虹影，
玩弄著所有顏色向我炫耀，
把安詳的天空弄得異樣玄妙。
於是在圓形的虹上我是一個囚犯，
我貪尋你色相的嬌美，
整天對它歌唱讚美，
從此那七色的線條成了我的路軌。
我再飛不到山谷，飛不到海，
也採不到花草與露水，
沒有了休息，也沒有了睡。
於是我為此消瘦，為此老，
為此失掉了歌聲的嘹亮，
羽毛上顏色的光輝。
我聽憑世俗的人間向我譏誚，
我在環形的迷宮裡憔悴。

一九三八，一一，三〇。上海。

肖像

千年前春天天空上丟了一片朝霞，
它流落在人世做了那孩子的笑容，
現在我感到天際還少兩顆星，
被貶在人世，做她的眼睛。

古松影蔭般的頭髮掩著
明朗的前額，像初秋的天空；
眉像新月，纏綿時像蠶，
靈活的時候像兩條龍。

她鼻子是畫家的難題，
像一隻萬靈雀在雲霄唱歌，

緊接著兩瓣初度梅瓣，
在月光下雪地上婆娑。

從霧裡推出下顎，
唇下有果子的玲瓏，
還有一點淡淡的黑痣，
把臉兒點化成幻成夢。

夢裡該有個缺憾美來點綴，
一組小齒點明了她人生的坎坷，
最美處是睡在她胸頭的一對羔羊，
深護著一顆高貴的心窠。

一九三八，一二，八，午。上海。

低噓

你可有勇氣，
拉起那輛雪車，
越那茫茫的夜，
茫茫的山頭，
參加忠勇的兵士流血，
為民族的自由爭鬥。

冬天伴著爐吠，
夜裡伴著燈吼，
怕看窗外的雪，
無膽在黑暗裡漫走，
誇什麼為門戶，為家，
抗外來的賊寇。

豎尾作旗桿，
忘形的叫嘯，
一群一堆地擁塞在街頭，
於是乎齧咬爭鬥，
血流到陰溝，
這都是為什麼？
我知道，因為冷巷裡有根豬骨頭。

一九三八，一二，一六，夜。上海。

自白

我不是瞎子，
在我的外面，
日光不斷地滾，
泉水不斷地流，
還有雲兒滿天飛，
鳥兒萬萬千，
花兒紅到天，
更無論人兒滿街擠，
樓高與星齊，
這些我都看見。

我不是聾子，
一切風雨的颯颯，
雷霆的隆隆，
獅吼的震搖，
雞鳴的朦朧，
以及鳥鳴的啾啾，
蟻蠅的嗡嗡，
還有馬達的嘈雜，
人聲的鬧哄，
這些我都聽得。

我也不是傻子，
我嘗過藥的苦，
葉子的甜酸，
以及動物的血肉，
花花綠綠的菜蔬。
我還知道生的糊塗，
老死的悽苦，

各種人生的嚕囌，
以及一代一代的人群，
代代子孫依樣畫葫蘆。

但是我是一個孩子，
我不懂將來，
也忘忽了過去，
我記不住一切世事，
只記得夢與故事。
可是如今我又變了瘋子，
因為我忽然悟到，
那花花綠綠的夢都是人生，
而希奇古怪的故事，
都是聲聲色色的歷史！

一九三八，一二，一六，夜。上海。

春寒漫感

我像一個失眠的幽靈在雨中摸索，
探尋那河蘆岸可有鷺來投宿，
冬天的蘆花已經散盡，
在那悽迷的春寒中誰不感到寂寞？

我期待草地上有紅野花的眉目，
白雲過處來陪那星星的孤獨，
於是岸柳上會有新綠，
來引誘漁船夜泊。

我有一曲歌一杯酒伴它到天明，
讓天明再解它多情的纜索。

雨絲裡都是悽涼，
昆蟲還都在夢裡摸索，
一陣風使河水發抖，
河岸的小草加倍蕭索，
再無人來理睬那小河，
只有新月在河面上寥落。

哪裡有什麼歌催幽靈們入睡，
禿樹上是鴟鴞的夜哭，
它要把枯枝啼出新葉，
讓他們多有一些漆黑。

一九三九，一，一七。上海。

風夜漫感

當風掀起了大地的野幔，
骷髏的眼淚化作的露珠彌漫。
什麼點綴著人世的變幻？
一聲啼，一聲歡笑，一聲長嘆。

塵世裡不是一片草地，一座高山，
還有那綠鬱鬱的水在泛濫，
那何必希奇天色不夠蔚藍，
掩蓋著紅黑的雲兒千千萬萬。

莫戀童年的笑容天真爛漫，
莫迷少年的幻想花花斑斑，

更別信青年時夢中的情談，
還有老年時清茶濁酒的一杯一盞。

廟裡金身的神像尚要斑斕，
那何怪老去時面容的皺減。
古來有多少人在淨土裡掩埋，
可是赤嬰們還迷著人世的搖籃。

風梳著平靜的夜晚，
我怪那灰的天空星兒太繁，
是妖魔幻化成那些媚眼，
巧對著人世間亂翻！

一九三九，一，一八。上海。

勾銷

水兒多曲折，大地多浩渺？
樹兒多參差，山兒多玄妙？
山盡處是我的故家。

那面風怎麼樣蕭蕭，
雨怎麼樣裊裊，
槐樹旁邊有古廟。

裡面神像已飄搖，
香煙早蕭條，
但是鐘聲到現在還未老掉。

它穿過幽綠的樹梢，
雲兒的窈窕，
告訴我二十年前你還欠我一聲笑。

但這筆債如今該勾銷，
因為今年的春宵，
難償你當年的愛嬌。

為貪看雲兒的窈窕，
幽綠的葉兒上樹梢，
這天大的事情我會忘掉？

一九三九，一，一八。上海。

私事

我探問過生，
探問過死，
探問街頭葫蘆裡賣的藥，
探問流行文章裡說的人事。

我從鄉村走到都市，
沒有帶一個認識的字，
於是我問漆匠借個刷子，
向隔壁老婆婆討一張手紙。

這樣我用這硬性的刷子，
塗補著稀鬆的手紙，

跟人學一橫一豎的字，
學文章裡的人事。

如今我雖然學會了寫字，
學會了讀漂亮話裡的論生談死，
可是我知道街頭葫蘆裡都沒有藥，
而流行文章裡爭的都是私事。

一九三九，三，二一，晨四時。上海。

東方的閨怨

是野花的綠葉在那月光上浮動，
她疑心歸舟在海上御著風，
因此她整夜失眠且思索，
思索他迢迢水上的行蹤。

他去時菊花剛剛香，
香氣裡浮動著月亮，
當時的小女兒只會哭，
他預言回來時她會叫親娘。

雖說自己的家國不是戰場，
可是屍灰如今滿空揚，

悠悠的一年夠人思量，
無父的嬰孩還不會叫娘。

現在櫻花又在到處泛濫，
閨中的情緒更加難堪，
偏有人勸她省衣節食，
讓剩下的金錢化作炸彈。

據說這炸彈將在別人家鄉裡飛，
讓別人無辜的婦孺化作了灰，
可是帶回來的沒有一絲安慰，
字字的歸信都是罪與悔。

尋不出這長征的意義，
異國傳來的都是鄉愁，
嗷嗷待哺的孩子啼著飢，
海水上面只有海鷗。

海鷗飛處都是相思，
閨中的淚沒有盡時，
等無父的小女開口叫娘時，
水上歸來的父親竟是死屍。

一九三九，三，一七，夜。上海。

會後

心裡沉著希奇的黯淡，
面上浮著的都是蕭索，
在這甜蜜的會後，
宇宙裡事事都寥落。

盆花說你已遠歸，
但我說你在我心裡摸索，
黃昏後月色過分悽涼，
於是相思更使我心靈忐忑。

雨灑著在笑我癡，
雲飛著在譏我寂寞，

還有風敲我的窗櫺，
問你的笑容在何處流落。

房中的空氣都是悲哀，
染遍了每聲音樂與畫幅，
這一份相思，這一份愁，
頓變成我夢裡一聲啼，一聲哭。

我願意獨飲，在醉時我要發瘋，
讓我靈魂化為三更月，
在你窗幃垂處，
窺探你有否睡熟？

一九三九，一一。上海。

化石

我在地獄裡三百年，
今天一朝出來，
沒有恨也沒有悲哀，
獄火燒盡了我心頭的冷酷，
冰河消滅了我心頭的火焰。

我像一塊化石，
在萬年的山層裡，
保留一點形跡，
誰在我靈魂的殘渣裡，
搜尋我的淚滴與血滴？

萬萬年的歷史起處，
哪一粒星星不是一塊頑石？
今朝地球上的聲色，
明朝宇宙裡的一團黑，
靈魂的核心是一段枯骨。

一九三九，一〇，八，傍晚。上海。

少女像

從你額上的一個小疤，
我知道你少時的淘氣，
但你柔軟的頭髮裡，
隱藏著你個性的神祕。

你採溪流裡一段波紋，
做你額上的雙眉，
擷牛郎織女的情愛，
充你眼睛裡的光輝。

還有你用虹一般的鼻梁，
平分那蘋果般的臉容，

於是兩瓣嬌豔的面頰，
互賽著玫瑰與芙蓉。

嘴像一顆落日，
低沉在鼻子的高峰，
撫摸著一群白齊的羔羊，
笑是春天裡的和風。

世俗的人都勸你醒，
天上的仙子可勸你睡，
因為你睡時的靈魂，
會醒著永生的嬌美。

一九三九。上海。

暮霞

起初是一瓣，兩瓣，
慢慢有好幾十瓣，
藍青的天上浮起
我們初吻時你頰上紅斑。

接著是一瓣，兩瓣，
聚成了一個大瓣，
深紅，淡紅，粉紅，
像玫瑰，像芙蓉，像蓮瓣。

於是那一個大瓣，
慢慢地碎成小瓣，

但仍有一塊紅斑，
凝在青天上未散。

末了，它是淡了淡了，
於是更淡，更淡，
這樣一直淡進了
我厚濁的心坎！

一九三五。上海。

叫苦

你知道為什麼花萎，
為什麼葉枯，
為什麼我書裡的字跡，
個個都模糊？
那因為你在的時候，
曾經敲著頭，
皺著眉叫苦。

如今你去了，
帶著幾分熱度，
我懷抱滿心的不安，
看天色越變越暗，
房裡的空氣異樣悽楚。

我無心出門，
更無論遠遊，
可是鄰家的無線電，
還是太嚕囌。
我煩，我寂寞，
我躺在床上，
抱著我的頭，
皺著眉叫苦。

我願今晚代你載
那幾分你載著的熱度，
那你明早一覺醒來，
再沒有半點痛苦。

可是我怕你心裡一定會不安，
因為這裡花依舊萎，
葉依舊黃枯，

還有我書裡的字跡，
依舊是模糊。

那麼你來吧，
帶著你的不安，
探問我的熱度，
那時天色一定會不黯，
空氣一定會不悽楚。
這因為你在的時候，
我總不會按著頭，
皺著眉叫苦。

一九三八，一二，二〇。上海。

死

我該想到你死，
你帶著靈魂歸去，
留下了所有的嬌美在世間。

於是我在陸地上愛奇山，
在天空間愛星雲，
還有在茫茫的海上，
愛那滾滾的波浪。

我還愛花，愛草，
愛潺潺的溪流，
愛豹的靈活，蠶的纏綿，
愛白象與駱駝的安詳尊嚴。

更不必說我愛這人間，
我愛一個笑渦的玄妙，
一根睫毛的離奇，
因為所有的美都是你。

那麼，愛，你該想到我死，
我怎樣去帶我靈魂歸來，
它伴著登徒子的名義在世間。

一九三八，一一，三〇。上海。

相思

走是苦，
坐是勞，
靜臥在床上更悽楚。

雨天黯淡，
晴天熱燥，
陰沉的天時心更煩。

希望時光飛，
希望日子跑，
希望因此更憔悴。

西風笑我人瘦，
東風笑我人老，
於是菊花楊柳都是愁。

一九三八，一〇，二七，夜。上海。

黑暗

我像一個先天的聾子與瞎子，
在半生的途中，
有一天豁然開朗，
面對著光明響亮的世界叫苦，
對過去黑暗死寂的日子懷疑，
對未來希奇的生命糊塗。

我在這裡期待，
像枯枝期待綠，
像頑石期待青苔，
像久旱期待雨，
像春風期待花開。

我期待人靜，
我期待天黑，
我期待燈滅，
我期待混沌的宇宙
復歸它原來的死寂。

我數著年份，數著月份，
數著鐘點，數著秒與分，
但是天依然發著光，
人依舊虎狼般猖狂，
夜裡滿地還是黃色的燈。

於是我期待夢與幻，
期待瘋子一句話，
期待嬰孩一個傻笑。
因為在那個世界裡，
我可以化一隻小鳥，
一隻蝴蝶，越那海的茫茫，

天的蒼蒼，以及山嶺的蹊蹺，
在世界所遺忘的一角，
把我過去的生命忘掉。

但是我先要採雲霞鋪路，
摘星星照你腳步，
因為我苦，我要你來證明
我生命在黑暗中曾經清楚，
在這希奇的光明中反而叫苦。

一九三八，一二，二〇。上海。

你來你去

你來時像風，
腳步像流雲，
髮絲上帶著星，
露水沾著衣裙。

你交我一瓣笑，
一點純潔的淚，
一個希奇的吻，
同一聲眠鼾。

於是我守著你影，
不敢貪半晌矇矓，

我怕這真變成夢境，
醒來時只是一陣風。

但是你去時像一條蛇，
腳步像一絲輕霧，
臉上沒有一瓣吻痕，
鞋跟上不沾一點泥污。

一九三九，一〇。上海。

幻感

疏散的街燈盞盞像鷹眼，
到處的高樓低廈都變成山岩，
還有是路上的紅男綠女，
頓化作桃紅柳綠在霧裡閑散。

這時我心中沒有一點喜，一點怒，
也沒有半寸笑，半寸哀嘆，
天空的星兒遲緩的走，
我在尋哪一顆星兒最燦爛。

於是那上弦月頓化作豎琴，
那無數星兒都變成音符，

該有仙女在那裡奏弄，
把空氣化得這樣糊塗。

像是夜煙籠罩著野橋，
我像一隻迷路的幼鷺，
獨立在橋頭長嘯，
問哪裡是我的歸路？

於是那街燈都變成鬼火，
而高樓低廈都是墳墓，
我願把我靈魂化青煙，
伴著那點點的鬼火婆娑。

一九三九，一二，二三。上海。

已鏽的歌曲

像一個聲音在窗外摸索，
在這三更的夜裡，
誰在黑黝黝的牆角，
撫摸著過去的創傷，
訴那心頭久鬱的寂寞。

晚秋夜的凍月，
每使我失眠人抖索，
但今夜我要披衣探看，
可是為那牆下尺地
沒有風打霜落，

有什麼惜春的人來探視
那半片青草是否還綠？

不，我看不見一個影子，
在寒冷的月光裡躑躅。
我開始擔憂，我的心狂跳，
我怕這會是二十年前
被我擄掠了她雄伴的蟋蟀，
在今夜的冷月下，怨聲地
對我枚數她悠久的煢獨。

這時，我心頭浮起迷惘的憂鬱。
我憶起那殘忍無知的童年，
望著蟋蟀鬥後的殘軀，
冥頑地拍著手笑，
疏忽了那嫠婦的夜哭。
於是我趁著幽冷的月光出去，
在牆下細尋，但竟尋不到什麼！

那麼這想是我多年前的舊夢，
在那角地土下寥落，
趁今夜月明時它醒了，
它吐出心底已鏽的歌曲，
來探問那半片青草是否還綠？

一九三七，一一，五，晨一時半。巴黎大學。

鄉愁

清晨天空裡有雲，
變幻的都是我家鄉，
四月底有和暖的南風，
吹來的又是舊識的花香。

梧桐上新露了一點綠，
綠，那是你耳葉上的翠，
於是那黃昏時候的幾點雨，
雨，你知道，那是我眼角上的淚。

一九三七，五，三一，黃昏。巴黎十四區。

冷巷的旅情

明明是西子湖上的雨點，
偏灑巴黎黝黑的街頭，
可是帶我故家的相思淚，
相思中有這樣的哀愁。

這哀愁驟把我心地塗黑，
那異國的情調更顯得落寞，
我願見一個故鄉的舊鬼，
告訴家園的柚子是否已熟。

冷巷裡燈光暗如豆，
再無別人在這裡躑躅，

我唯見一隻曳尾的小狗，
在這寒氣裡面抖索。

於是我殘忍地踢這可憐的動物，
我要它咬我，或給我舊識的狂吠，
在這深夜的街頭吐點生氣，
點破這死沉沉宇宙的寂寞。

隔巷有深秋的悽風吹來，
挾著行乞者小提琴的催眠曲，
於是恍然聽到，在憑街窗內，
有聰慧的孩子發著同情的哀哭。

一九三七，一〇，一一。巴黎。

辜負的一個約

大概是冬夜的霜曾白，
使她在枯草上等我，
望著東方的天際，
直到天邊浮起了白色。

誰？記得是一個過路客，
我不知道她名字，
也沒有留下她容貌，
是細削的影子帶著灰色。

前年？去年？——哪一個月？
我現在都想不起，

但每在白灰的世路上，
我覺得那是我生命的殘缺。

哪裡？——江南還是河北？
我忘了，我不能追憶，
但我隱約地感到
小溪邊有禿柳在摸索。

今夜的月色分外白，
在帶霜的青草上，
我過敏地訪尋，
我所辜負的一個約。

一九三七，一〇，二二，晨半時。巴黎大學城。

《待綠集》重版後記[1]

這本集子本是《四十詩綜》的第三集——《幻襲集》。「幻襲」兩個字沒有什麼意義，只是隨意在詩裡偶然找出來的兩個字。現在重版的時候，分集出版，朋友們以為書名總要有點解釋，因此改為《待綠集》。「待綠」兩個字也是從詩裡「像枯枝期待綠，像頑石期待青苔……」的句子中來的。要說有什麼意義，也只是指詩句裡所說的罷了。

在《四十詩綜》後記[2]裡，我說：

把這些詩收集在一起，校讀一次的時候，我有無限的感懷，覺得我對這些詩篇有比對一切我其他的作品有特別的情感。它忠實地記錄我整整二十年顛簸的生命，坦白地揭露我前後二十年演變的胸懷，沒有剪斷，沒有隱藏。所有我過去無依的愛與無憑的恨，低低的夢與淡淡的哀怨，以及我原始的清澈的靈魂之希望與懷疑，追求與幻滅，使我像在鏡子裡看到自己的面目一樣的清楚。看到使我現在臉紅的缺點，看到使我永遠懺悔的過錯，還使我看

1 【編按】本篇為當年作者徐訏重版時所作。
2 【編按】〈《四十詩綜》初版後記〉全文可見於《鞭痕集》。

到生命中傷痕的來源與被誤會的因素。我有帶狂的勇敢，帶羞的懦怯，不寧的自卑與永掛著寂寞的自尊。但是我有一顆忠實的心，我相信這些詩就是憑我忠實的心與我原始的清澈的靈魂寫下來的，因此它可以成為我自己的影子。假如這也反映了一點時代中許多人的愛與恨，夢與哀怨，希望與懷疑，追求與幻滅，那麼這些詩之出版，在我自己以外，總算也有點別的意義了。

把這話放這裡，也許也可以說是重版的自白了。

徐訏文集・新詩卷3　PG2682

待綠集

作　　者　徐　訏
責任編輯　陳彥儒
圖文排版　陳彥妏
封面設計　王嵩賀

出版策劃　釀出版
製作發行　秀威資訊科技股份有限公司
114 台北市內湖區瑞光路76巷65號1樓
電話：+886-2-2796-3638　傳真：+886-2-2796-1377
服務信箱：service@showwe.com.tw
http://www.showwe.com.tw
郵政劃撥　19563868　戶名：秀威資訊科技股份有限公司
展售門市　國家書店【松江門市】
104 台北市中山區松江路209號1樓
電話：+886-2-2518-0207　傳真：+886-2-2518-0778
網路訂購　秀威網路書店：https://store.showwe.tw
國家網路書店：https://www.govbooks.com.tw
法律顧問　毛國樑　律師
總 經 銷　聯合發行股份有限公司
231新北市新店區寶橋路235巷6弄6號4F
電話：+886-2-2917-8022　傳真：+886-2-2915-6275

出版日期　2021年12月　BOD一版
定　　價　280元

Printed in Taiwan

讀者回函卡

國家圖書館出版品預行編目

待綠集/徐訏著. -- 一版. -- 臺北市：釀出版,
2021.12
面；　公分. -- (徐訏文集. 新詩卷；3)
BOD版
ISBN 978-986-445-557-7(平裝)

851.487　　　　110017856